D1224778

VAMOS A LLEVARNOS BIEN

Anna Morató García

Ilustraciones de Marina Pérez

Papel certificado por el Forest Stewardship Council®

Primera edición: septiembre de 2019

Printed in Spain – Impreso en España

ISBN: 978-84-488-5377-8
Depósito legal: B-15.207-2019

Compuesto por Magela Ronda
Impreso en Talleres Gráficos Soler, S.A.
Esplugues de Llobregat (Barcelona)

BE 5 3 7 7 8

Penguin
Random House
Grupo Editorial

VAMOS A LLEVARNOS BIEN

Anna Morató García

Ilustraciones de Marina Pérez

Índice

PRÓLOGO PARA MAYORES

Este libro trata el tema del **acoso escolar**. Es un tema muy complejo y más frecuente de lo que puede parecer. En la mayoría de los colegios, en mayor o menor grado, hay niños que sienten que algunos de sus compañeros se lo hacen pasar mal. Esto les afecta no solo en su rendimiento escolar, sino sobre todo en su **desarrollo emocional.**

Como a muchos otros padres, es un tema de actualidad que me preocupa mucho. Lamentablemente muchas veces no es fácil detectarlo; por este motivo, para mí es muy importante **compartir con mis hijos** estas tres historias, para ayudarlos a entender mejor este tema y darles algunas indicaciones de **cómo actuar** en las diferentes situaciones en las que se puedan encontrar.

Creo que es muy importante empezar a **hablarles de este tema**, sin esperar a que les afecte o que lo sufran, para que, si se ven envueltos o presencian una situación de acoso, estén mejor preparados.

La definición de acoso escolar según la RAE es:

Acoso escolar (también llamado bullying): acoso físico o psicológico al que someten, de forma continuada, a un alumno sus compañeros.

Cuando se produce el acoso escolar es porque faltan **DOS VALORES** muy importantes: el **RESPETO** y la **EMPATÍA.** El **objetivo** de este libro es hablar de estos dos valores para conseguir disuadir a los niños del bullying.

¿Cómo?

1. Fomentando el **EMPODERAMIENTO** de los niños para que pidan ayuda.
2. Fomentando el **COMPAÑERISMO** para que los propios niños se ayuden.

EMPODERAMIENTO:

Adquisición de poder e independencia por parte de un grupo social desfavorecido para mejorar su situación.

COMPAÑERISMO:

Relación amistosa, de colaboración y solidaridad entre compañeros.

Porque todos nos merecemos ser respetados.
Porque todos debemos respetar a los demás.

En el acoso escolar intervienen tres protagonistas:

1. Los que lo **sufren**.
2. Los que lo **hacen**.
3. Los que lo **presencian**.

A través de tres historias, pongo el foco en cada uno de estos grupos y doy pautas para **EMPODERAR** a cada una de esas partes.

En este libro no se pretende solucionar todos los problemas relacionados con el acoso escolar, sino dar a los niños unas explicaciones de por qué se puede producir, y darles algunas pautas y recomendaciones sobre cómo actuar en estos casos.

Es importante que los niños sepan que también tienen un papel que desempeñar porque son los primeros en detectar el problema y son quienes tendrían que darlo a conocer a los mayores para encontrar una **solución**.

NOTA:

He simplificado la explicación del comportamiento de las personas en el caso del acoso, con el fin de que los niños lo puedan entender mejor. Los motivos por los que este se produce a veces son mucho más complejos de lo que he reflejado en este libro, y en ocasiones es necesaria la intervención de un profesional.

En este tema los adultos tenemos una **gran responsabilidad**, ya que los niños aprenden de lo que ven. Cuando criticamos o nos burlamos de otra persona delante de los niños por su aspecto físico o por su forma de ser, o hablamos a alguien con desprecio, ellos lo escuchan y creen que no está mal hacerlo. Un niño no nace sabiendo juzgar ni criticar, es algo que **aprende por imitación**.

¿Por qué no intentamos los mayores también LLEVARNOS BIEN?

- No juzguemos.
- No critiquemos.
- Ayudemos siempre que se pueda.
- No culpemos a los demás de nuestros problemas.
- Pensemos antes de decir ciertas cosas.
- No seamos envidiosos.
- Intentemos canalizar nuestros miedos y frustraciones de alguna forma constructiva o positiva en vez de pagarlo con los demás.

Si realmente queremos que los niños se lleven bien en el colegio, seamos un ejemplo para ellos.

Antes de hablar, deja que tus palabras pasen por tres puertas:

En la primera puerta, pregúntate: «¿Es **verdad**?».

En la segunda puerta, pregúntate: «¿Es **necesario**?».

En la tercera puerta, pregúntate: «¿Es **amable**?».

Rumi

Muchas personas creen que es suficiente con que sus palabras pasen la **primera puerta**, es decir, que lo que digan sea verdad.

Pero en realidad la **segunda** y la **tercera puerta son clave** para que haya buena convivencia entre todos:

- En nuestra casa.
- Con nuestros hijos.
- En nuestras conversaciones con nuestros vecinos.
- Con nuestros compañeros de trabajo.
- En las redes sociales.
- En el trato con otras personas.

Si no tienes algo amable que decir, piensa antes de decirlo,
por **RESPETO**
y porque solo así podremos
LLEVARNOS BIEN
aunque seamos diferentes en nuestra manera
de ser, de hacer o de pensar.

Antes de empezar a leer las historias de este libro, me gustaría presentaros a una persona muy especial...

La profesora Vanesa

Vanesa es una maestra que habla varios idiomas, que ha viajado por muchos países y que ha trabajado en muchos colegios, y ha tenido la suerte de ser la profesora de muchos niños.

A Vanesa le encanta ver a los **niños felices**: jugando, divirtiéndose y por supuesto también aprendiendo.

Cuando estamos contentos y cuando nos sentimos bien con nosotros mismos es más **fácil aprender**. Porque nuestra mente está receptiva a nuevos retos.

Pero durante su estancia en los distintos colegios observaba que había un tema común que le preocupaba mucho: **no todos los niños estaban contentos**.

Además, en casi todos estos colegios, Vanesa observaba que algunos niños se **COMPORTABAN** de una de estas **TRES FORMAS**:

1. NIÑOS QUE NO SONRÍEN

A algunos de los niños del colegio les costaba mucho sonreír. Al fijarse bien en ellos, pudo apreciar otros detalles, como que también tenían la cabeza un poquito baja, los hombros caídos y les faltaba el brillo en los ojos que deberían tener todos los niños. Vanesa podía ver que estaban **tristes**.

Cuando Vanesa veía esto, se acercaba a ellos y les preguntaba qué les pasaba; casi siempre le contestaban «no me pasa nada» o «estoy bien». Pero ella sabía que esto no era cierto, que **algo les preocupaba**.

2. NIÑOS QUE SE METEN CON OTROS NIÑOS

Otros niños del colegio se metían con algunos de sus compañeros. Lo hacían **burlándose** de ellos, otras veces no dejándoles jugar, a veces **criticándolos** o diciendo **mentiras** sobre ellos y algunas veces empujándolos o **pegándoles**.
E incluso otras veces animaban a otros niños a que también se metieran con ellos.

Además casi siempre lo hacían cuando no había ningún profesor que pudiera verlo.

3. NIÑOS QUE NO SE ATREVEN A DECIR NADA

Y finalmente, había otro grupo de niños, aquellos que no se metían con nadie, pero que, cuando veían que alguien lo hacía, NO SE ATREVÍAN A DECIR NADA.

Saben que meterse con otros niños está mal, pero les da **miedo decir algo** por si se meten también con ellos.

Otra cosa que también observaba era que en la mayoría de los casos estas situaciones se daban en el patio. Hasta el punto de que el patio se convertía en **UNA JUNGLA** donde:

- Los del primer comportamiento tenían **MIEDO** (como un **ciervo** antes de ser cazado).
- Los del segundo comportamiento se sentían libres para **atacar** (como **serpientes**).
- Los del tercer comportamiento simplemente **observaban** (como un **hipopótamo**).

A Vanesa se le encogía el corazón cada vez que veía situaciones en las que a los niños no se les trataba bien. **Esto no debía ser así**. El colegio y el patio debían ser lugares en los que todos los niños se sintieran bien. Tenía que haber una **solución**.

Vanesa quería ayudar a todos estos niños, fuera cual fuera su comportamiento.

Quería explicarles que el comportamiento de las personas depende de las emociones y los sentimientos que tienen en su INTERIOR y que, según fueran estos, se comportarán con los demás de una forma u otra.

Esto no era una tarea ni fácil ni sencilla de explicar, pero iba a intentar hacerlo.

Después de darle muchas vueltas, Vanesa empezó a escribir **un libro muy especial**.

Puedes descubrir el contenido de su libro leyendo las tres historias que encontrarás en las próximas páginas...

LA HISTORIA DE MARCOS

CONCEPTOS A TRANSMITIR

En esta primera historia, vemos el caso de un niño con el que se meten algunos de sus compañeros.

En muchos de estos casos, el niño que lo sufre no se atreve a contarlo porque se **avergüenza**, piensa que tiene alguna **culpa**, se siente **impotente**, y cree que no tiene nada que hacer y que simplemente le toca «sufrir en silencio».

La intención de esta historia es que el niño comprenda:

1. Que no es culpa suya.
2. Que puede hacer algo al respecto:
   - Pedir ayuda.
   - Defenderse.
   - Alejarse.
3. Que los mayores están para ayudarle.
4. Que el que se mete con él tiene su propio problema y también necesita ayuda.

la historia de Marcos

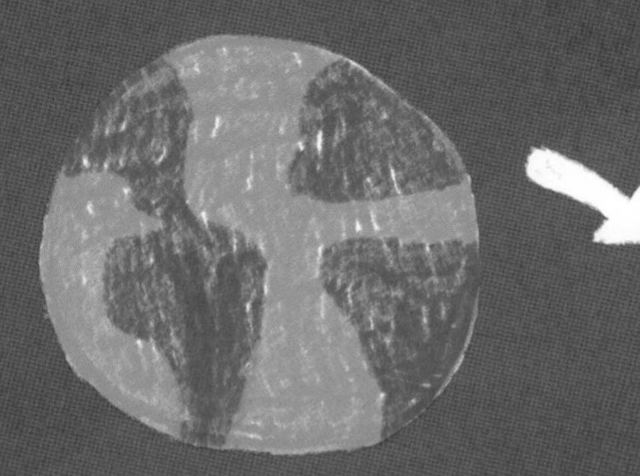

En un colegio, en una ciudad cualquiera del mundo...

El protagonista de esta historia se llama **Marcos**.

Hasta hace poco tiempo le gustaba ir al colegio. Era el cole al que había ido desde que terminó la guardería y donde hizo sus **primeros amigos**. Su colegio estaba cerca de su casa. A Marcos le encantaban los dinosaurios y ayudar a sus padres a preparar el desayuno los sábados por la mañana. Otra cosa que le gustaba mucho era dibujar.

Pero, desde hacía unas semanas, a Marcos ya no le apetecía dibujar y tampoco quería ir al cole...

Marcos era el más bajito de su clase. Siempre lo había sido, y a él nunca le había importado. Pero últimamente en el cole había **niños que se metían con él** y le llamaban **renacuajo**.

Concretamente, había un chico en su clase que era el que más le molestaba, y aprovechaba para burlarse de él cuando no estaba ningún profesor mirando.

La profesora Vanesa, que acababa de llegar a ese centro, vio que Marcos era uno de aquellos niños que no sonreían en el colegio y, aunque no era alumno suyo, le preguntó varias veces si estaba bien, pero él siempre le respondía que no le pasaba nada. Así que decidió colocarle su libro en su mochila. Esperaba que el libro que había escrito le **ayudase**.

Al llegar a casa, Marcos se dio cuenta de que en su mochila había un **libro nuevo**.

«¿Quién había puesto ese libro ahí? », se preguntó.

Al abrirlo, vio que dentro había una nota que decía:

Marcos empezó a leer el primer capítulo.

CAPÍTULO 1

¿Te has preguntado por qué algunas personas, a veces, no se portan bien con otras? La razón de que esto pase es lo que quiero tratar en este libro.

Déjame que te explique algo muy importante que creo que te ayudará a entender qué es lo que realmente pasa.

Según la **ENERGÍA** que tenemos en nuestro **INTERIOR**, nos sentiremos de alguna de estas formas:

1. Cuando nos sentimos **BIEN** dentro tenemos energía AMARILLA.

2. Cuando nos sentimos **ENFADADOS** dentro tenemos energía ROJA.

3. Cuando nos sentimos **TRISTES** dentro tenemos energía AZUL.

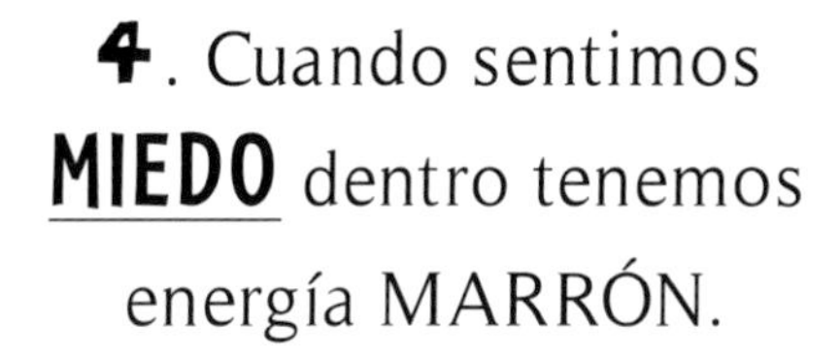

4. Cuando sentimos **MIEDO** dentro tenemos energía MARRÓN.

Esto no significa que algunas de estas energías sean buenas y otras sean malas, o que algunas sean mejores que otras. De hecho, lo normal es tenerlas todas en distintos momentos. A veces incluso podemos sentir una combinación de ellas, como por ejemplo tristeza y miedo. Todas son naturales y son necesarias.

Lo importante es lo que hacemos con esta ENERGÍA, cómo reaccionamos y cómo nos comportamos.

¿Qué significa esto?

Cuando la mayoría de los días tus emociones son de:

alegría, gratitud, amor, euforia, ternura, compasión, entusiasmo, felicidad, aceptación, ilusión, orgullo, satisfacción o esperanza...

Es decir, cuando estás contento con las cosas que tienes, te diviertes, tienes ganas de hacer cosas, sientes el amor de tu familia, te sientes orgulloso de lo que sabes hacer, te lo pasas bien con tus amigos...

Entonces la mayoría del tiempo **TE SIENTES BIEN POR DENTRO**.
Y cuando nos sentimos bien tenemos **UNA ENERGÍA AMARILLA** en nuestro interior.

En estos casos, solemos tratar a los demás con amabilidad, con cariño, con respeto, con comprensión; es decir, con **EMPATÍA**.

Al comportarnos así, esta **ENERGÍA AMARILLA** la transmitimos y la **COMPARTIMOS** con los demás.

En cambio, cuando la mayoría de los días tus emociones son de:

rabia, inseguridad, celos, envidia, abandono, falta de cariño, tristeza o frustración...

Es decir, cuando estás enfadado por alguna razón, tienes miedo a algún cambio, alguien te trata mal o injustamente, te preocupa algo que no sabes cómo resolver, no estás a gusto con una situación que te está pasando, te sientes molesto...

Entonces la mayoría del tiempo

NO TE SIENTES BIEN

porque estás

ENFADADO POR DENTRO.

Y cuando estamos enfadados tenemos

UNA ENERGÍA ROJA

en nuestro interior.

¿Y qué pasa con esa energía roja?

Pues que, a veces, esta energía roja se la pasamos a otro. Es decir, le hacemos pagar nuestro enfado a otra persona, aunque esta no tenga ninguna culpa.

En este caso, la **ENERGÍA ROJA** se transforma en palabras feas, insultos, desprecio, burlas, etc.

Cuando un niño se mete contigo, lo que está haciendo es pasarte su energía roja.

¿Qué **PUEDES HACER** en este caso?

Piensa que las palabras feas que dice el otro niño son como rayos que salen de su boca. Esos rayos queman, así que no te quedes ahí parado para que no te hagan daño.

Si un día cayeran desde el cielo rayos de verdad, seguro que irías a buscar ayuda y no te quedarías ahí para que te hicieran daño, ¿verdad?

Lo mismo tienes que hacer cuando alguien se mete contigo:

IR A BUSCAR AYUDA.

Pide ayuda a tus profesores, a tus padres o a tus compañeros.

Pedir ayuda **NO ES CHIVARSE, ES PROTEGERSE.**

Puedes hacer dos cosas con la energía roja **DE LOS DEMÁS**: decidir aguantarla tú solo o pedir ayuda para no tener que hacerlo.

Es importante que sepas que hay otro camino, que no tienes por qué aguantar. Tú puedes elegir qué camino tomas.

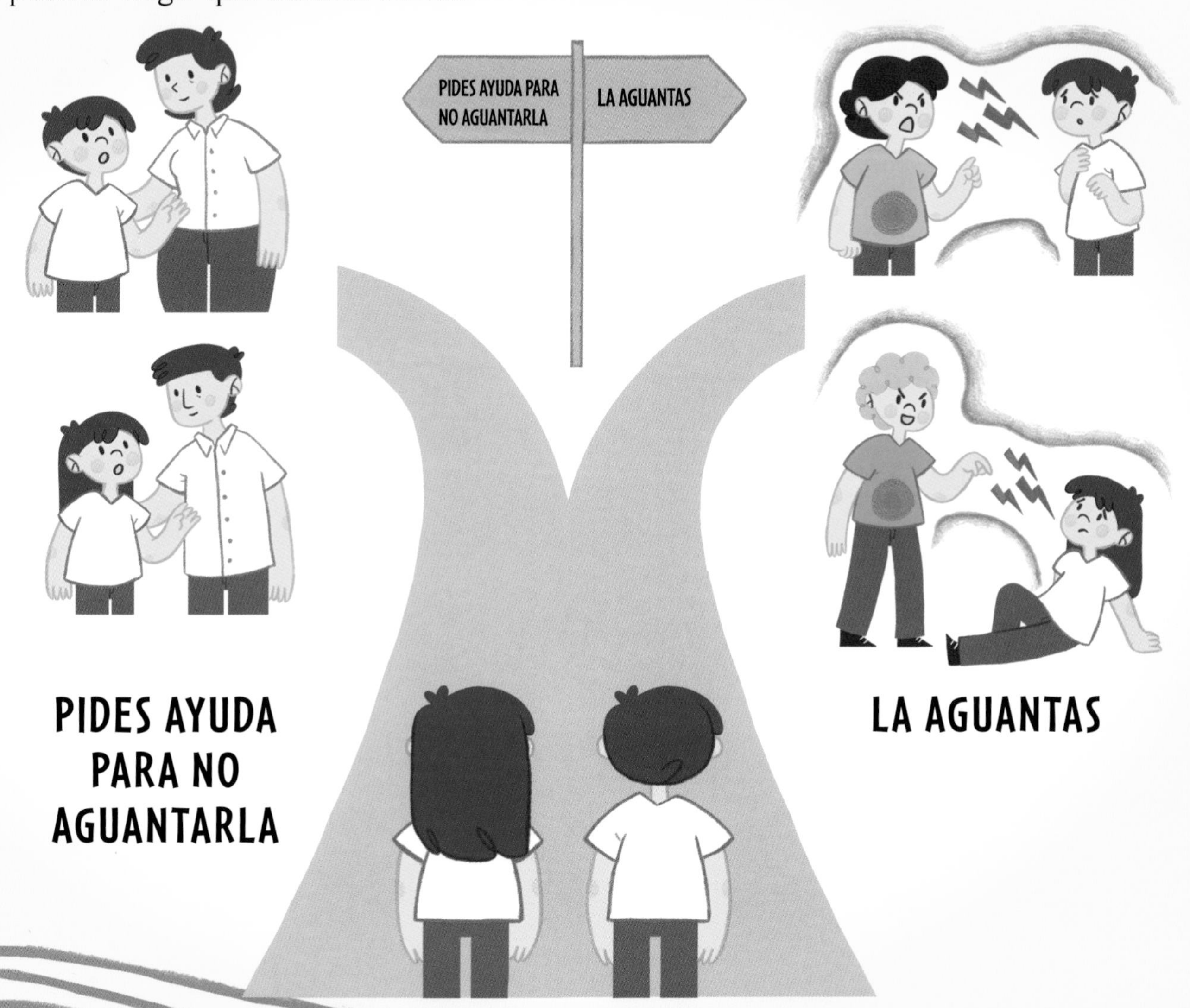

RECUERDA QUE NO ES CULPA TUYA QUE SE METAN CONTIGO. NO HAY NADA MALO EN TI.

Cada persona es perfecta tal como es. Todos tenemos un físico y una forma de ser diferentes. Esto nos hace ser únicos y nunca debe ser un motivo para que alguien se meta contigo.

No necesitas ser ni más fuerte, ni más guapo, ni más listo, ni más gracioso, ni más nada... Eres perfecto tal como eres; lo único que realmente necesitas es **CREER EN TI** y pedir ayuda para no dejar que la energía roja de los demás te haga daño.

Y si quieres saber otra cosa, ese niño que se mete contigo también **necesita ayuda**. No es tan fuerte ni tan valiente como parece, y necesita **AYUDA**, para no pagar su energía roja con los demás, pero esto te lo explicaré mejor en el siguiente capítulo.

Marcos cerró el libro y se quedó un rato pensando. Y en ese momento decidió una cosa muy importante. **No iba a dejar que nadie volviera a hacerle sentir mal por cómo era.**

Hasta ahora no les había dicho nada a sus padres porque le daba vergüenza y porque no quería que ese niño se metiera aún más con él, llamándole chivato. **Pero ya era hora de hacer algo.**

Así que esa misma tarde, se fue directo a hablar con sus padres. Siempre recordará el fuerte abrazo que le dieron. Le aseguraron que lo hablarían con su profesora María, para que tuviera toda la ayuda que necesitara.

Marcos sintió que ya no estaba SOLO.

Esa noche, Marcos empezó a escribir en un papel las palabras que le iba a decir al otro niño cuando se volviera a meter con él. Luego las ensayó varias veces en voz alta en su cuarto, para coger confianza. **Estaba preparado**.

Esa noche, aunque algo nervioso, se fue a dormir un poco más **tranquilo**, como si **la energía azul y marrón empezaran a desaparecer**.

Al día siguiente, a la hora del patio, como había pasado otras tantas veces, se le acercó ese niño y empezó a meterse con él. Pero esta vez Marcos estaba preparado. Recordó lo que había leído en el libro de la profesora Vanesa sobre la **ENERGÍA ROJA** de los demás y, en vez de asustarse, Marcos, tal como había ensayado, y de la forma más calmada que pudo, le dijo:

—Déjame en paz. No está bien hacer daño a los demás.
El problema lo tienes tú, no yo.
Deja de pagarlo conmigo.
No voy a quedarme
aquí escuchándote.

El niño le miró con cara rara, pues no entendía muy bien lo que Marcos le había dicho, y volvió a meterse con él: «¡Eres un tapón, renacuajo!».

Marcos pensó: «No voy a quedarme aquí escuchándole más como hacía antes. Porque, si hago eso, él se sale con la suya, y yo no quiero eso».

Así que se dio la vuelta y se marchó a buscar a unos compañeros que estaban jugando en otra parte del patio y, aunque no eran sus amigos, se unió a ellos.

Al día siguiente, llegando al cole, sabía que, si ese niño volvía a meterse con él, tenía que ir a decírselo a su profesora María para pedirle ayuda. Sus padres ya habían hablado con ella para que le ayudara. Marcos sabía que **NO ESTABA SOLO.**

De esta manera, Marcos empezó a sentir en su interior que por fin la energía empezaba a ser de color amarillo. Y era porque había empezado a dar los primeros pasos: **pedir ayuda, defenderse, alejarse.**

Pasados unos días, la profesora Vanesa vio con **satisfacción**, desde la ventana de su clase, que Marcos estaba en el patio, pero ya no estaba en una esquina solo, ni estaba nadie metiéndose con él; estaba jugando con otros compañeros y, lo más importante, **estaba sonriendo.**

LA HISTORIA DE LUISA

CONCEPTOS A TRANSMITIR

En esta segunda historia vemos el caso de una niña que se mete con otros compañeros.

En estos casos, el niño que se mete con otros es porque tiene sus propios **problemas sin resolver** y lo paga con los demás. Para evitar una posible situación de **bullying** no solo hay que ayudar al que lo sufre, sino también al que lo hace.

La intención de esta historia es que los niños comprendan:

1. Que el que acosa tiene sus propios problemas, que no es tan valiente ni tan guay como aparenta y que por lo tanto no hay que tenerle miedo.
2. Que el niño que acosa no es porque sea «malo», sino que su comportamiento es malo y que necesita ayuda para cambiar.
3. Que los mayores están para ayudar tanto al acosado como al que acosa.
4. Que la empatía es un valor que necesitamos tener todos.

La historia de Luisa
Tiene lugar en OTRO colegio,
en OTRA ciudad...

La protagonista de esta historia se llama **Luisa**. Luisa era una niña muy alta para su edad; de hecho, era la más alta de su clase.

A Luisa le gustaba tener siempre **la razón** y jugar solo a lo que ella quería. Normalmente intentaba **mandar** y cuando no le hacían caso se **enfadaba**.

A veces en la hora del patio, Luisa se burlaba de algunos de sus compañeros, sobre todo de los que no hacían lo que ella quería.

Aquel curso había llegado a su clase una niña nueva que se llamaba Marta. Los padres de Marta, por motivos de trabajo, se habían mudado a aquella ciudad.

Luisa se había dado cuenta de que algunos de sus compañeros se habían hecho muy amigos de Marta y ya no le hacían a ella tanto caso como antes.

Y últimamente con quien más se metía Luisa era con Marta.

La profesora Vanesa acababa de llegar a aquel colegio. Vanesa se había dado cuenta de que Luisa era una de **aquellas personas que a veces no trataba bien a sus compañeros** y, aunque no era alumna suya, le colocó su libro en la mochila, creyendo que la podía ayudar.

Aquella tarde, al llegar a su casa, Luisa encontró el libro en su mochila, lo abrió y vio que había una nota para ella.

Querida Luisa,
Soy la profesora Vanesa y he sido yo la que te ha puesto el libro en tu mochila.
Me he fijado en que a veces tu comportamiento hacia tus compañeros no es respetuoso y esto les hace daño.
Espero que este libro te pueda ayudar a entender lo que está pasando y lo que puedes hacer.
Presta especial atención al segundo capítulo.

Luisa empezó a leer el segundo capítulo.

CAPÍTULO 2

En el primer capítulo hemos visto que...

Según nos sentimos (bien, enfadados, tristes o con miedo), LA ENERGÍA que tenemos en nuestro INTERIOR es de un color u otro.

También hemos visto que, cuando **NOS SENTIMOS BIEN POR DENTRO,** tratamos a los demás con empatía. En estos casos, **la energía amarilla que tenemos dentro la transmitimos y la compartimos con los demás.**

En cambio, cuando estamos enfadados por dentro, la energía que tenemos en nuestro interior es **ROJA**.

Y cuando eso pasa, a veces, no tratamos bien a los demás, y les pasamos esa energía y les hacemos sentir mal.

Cuando esto ocurre, no es porque seas una mala persona, sino que es tu comportamiento lo que está mal. **Pero esto lo puedes cambiar.**

¿Sabías que...?
La energía roja SE TE PASA o LA PASAS.

SE TE PASA

LA PASAS

LA ENERGÍA ROJA SE TE PASA O LA PASAS.

¿Qué significa esto?

Cuando te metes con alguien, en realidad lo que estás haciendo es PASARLE tu energía roja a esa otra persona que no tiene nada que ver con tus problemas y emociones.

Meterte con otro niño te puede parecer divertido, pero en realidad le estás haciendo daño a alguien que no tiene ninguna culpa.

Para que eso no ocurra tienes que conseguir que se te PASE el enfado, que se te pase la energía roja.

¿QUIERES SABER QUÉ PUEDES HACER PARA QUE SE TE PASE?

PARA QUE SE TE PASE
HAY TRES FASES:

1. ACEPTAR
2. ENTENDER
3. SOLTAR

1. ACEPTAR:

El primer paso es aceptar que te metes con otros niños porque tienes energía roja dentro de ti.

Si tuvieras energía amarilla, no molestarías a los demás.

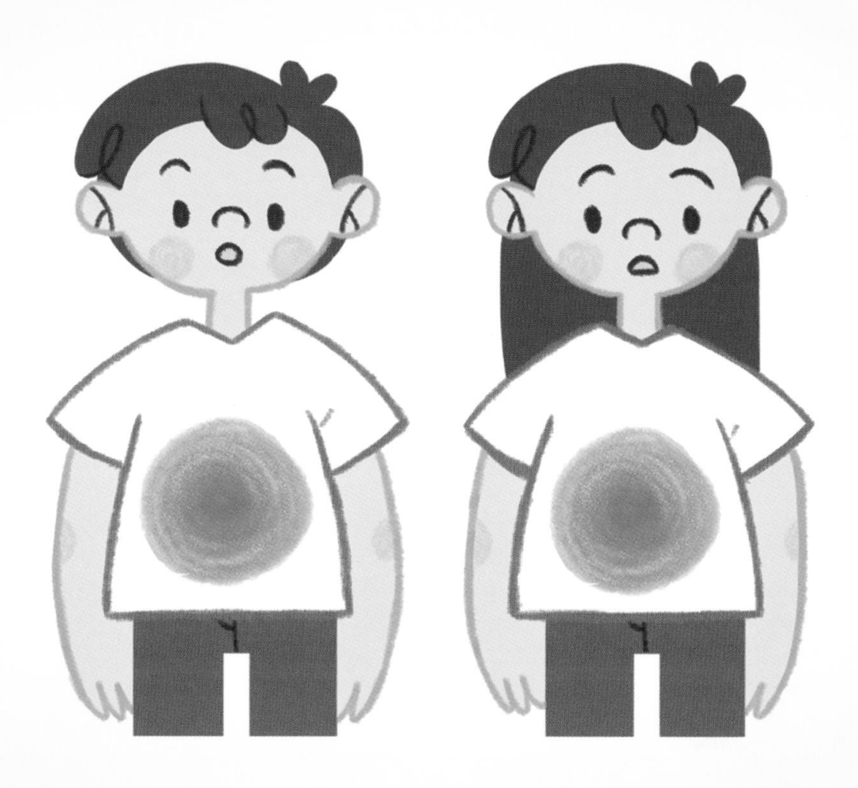

2. ENTENDER:

El segundo paso es entender por qué tienes esta energía roja.

Busca dentro de ti como si estuvieras buscando dentro de una bolsa. Mira a ver si encuentras alguna de estas emociones:

rabia, celos, envidia, tristeza, frustración, te sientes inseguro, sientes que no te hacen caso, te sientes incomprendido, te avergüenzas de algo, tienes miedo a algún cambio, tienes rencor a alguien, crees que algo es injusto, no entiendes lo que está pasando a tu alrededor, alguien te trata mal...

Cuando tenemos algunos de estos sentimientos y emociones fuertes, estos nos hacen sentir mal y, si no hablamos de ellos con nadie, puede ocurrir que dentro de nosotros se formen unos **nudos**, que hacen que estemos **enfadados por dentro**.

Cuando tenemos estos nudos es cuando se forma la energía roja.

Una vez que sabes lo que te pasa y **ENTIENDES** por qué tienes estos nudos, podrás pasar al siguiente paso, que es **SOLTAR**.

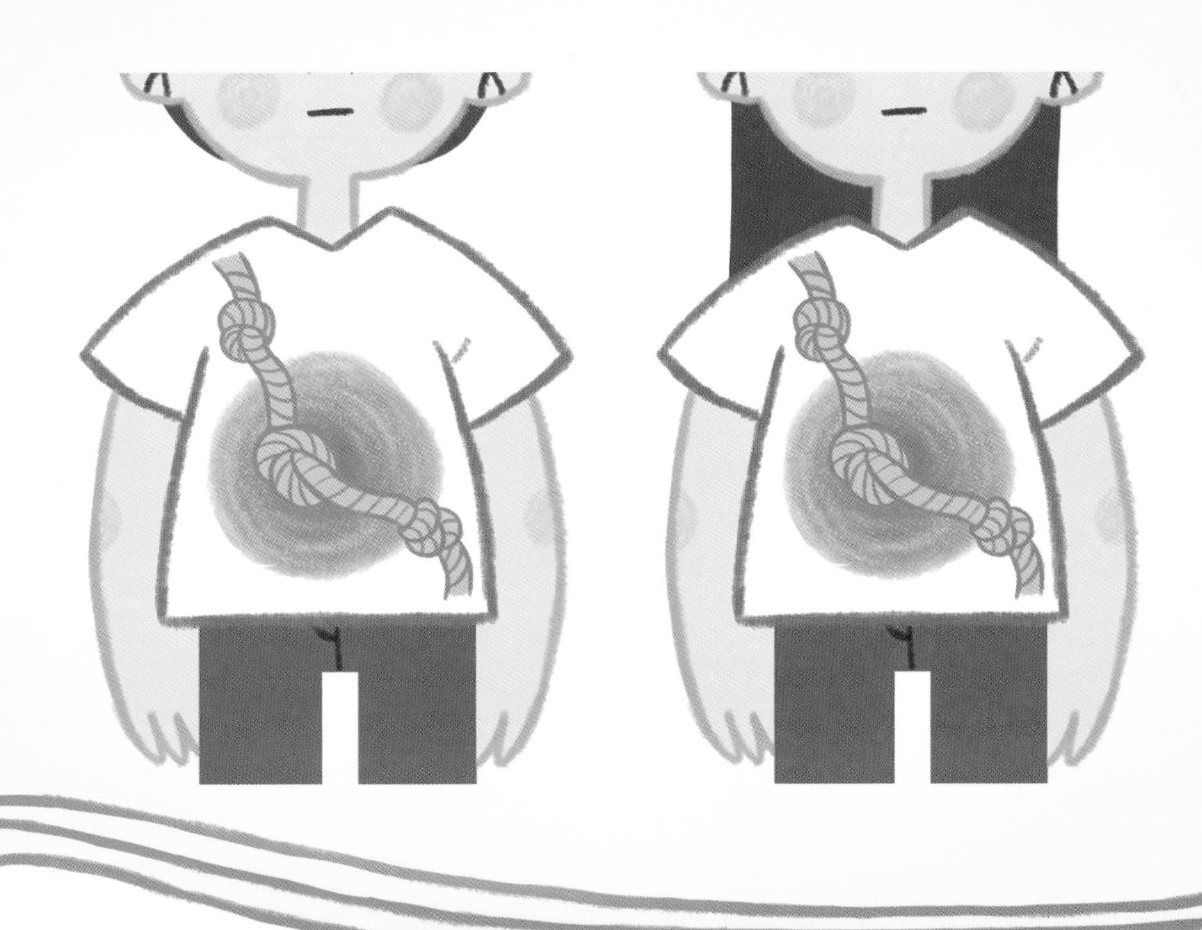

3. SOLTAR:

El tercer paso es soltar la energía roja para que salga de tu interior.

¿Cómo lo hacemos? Pidiendo **AYUDA**. Hablar de estas emociones con tus padres, con tus abuelos o con un profesor te puede ayudar a encontrar una solución que te haga sentir mejor.

Al hablar sobre ello, se empiezan a deshacer los **NUDOS** y así la energía roja empieza poco a poco a desaparecer.

Solo **SOLTANDO** este enfado te vas a **SENTIR MEJOR** y volverás a tener **ENERGÍA AMARILLA** en tu interior.

Solo tú puedes decidir qué hacer con tu energía roja.
Solo tú puedes decidir **soltarla**.

Por último, pregúntate: ¿Cómo te sentirías TÚ si se metieran contigo como TÚ te metes con los demás? Cuando tratas mal a otras personas, pasándoles tu energía roja, les haces sentir **miedo y/o tristeza**.

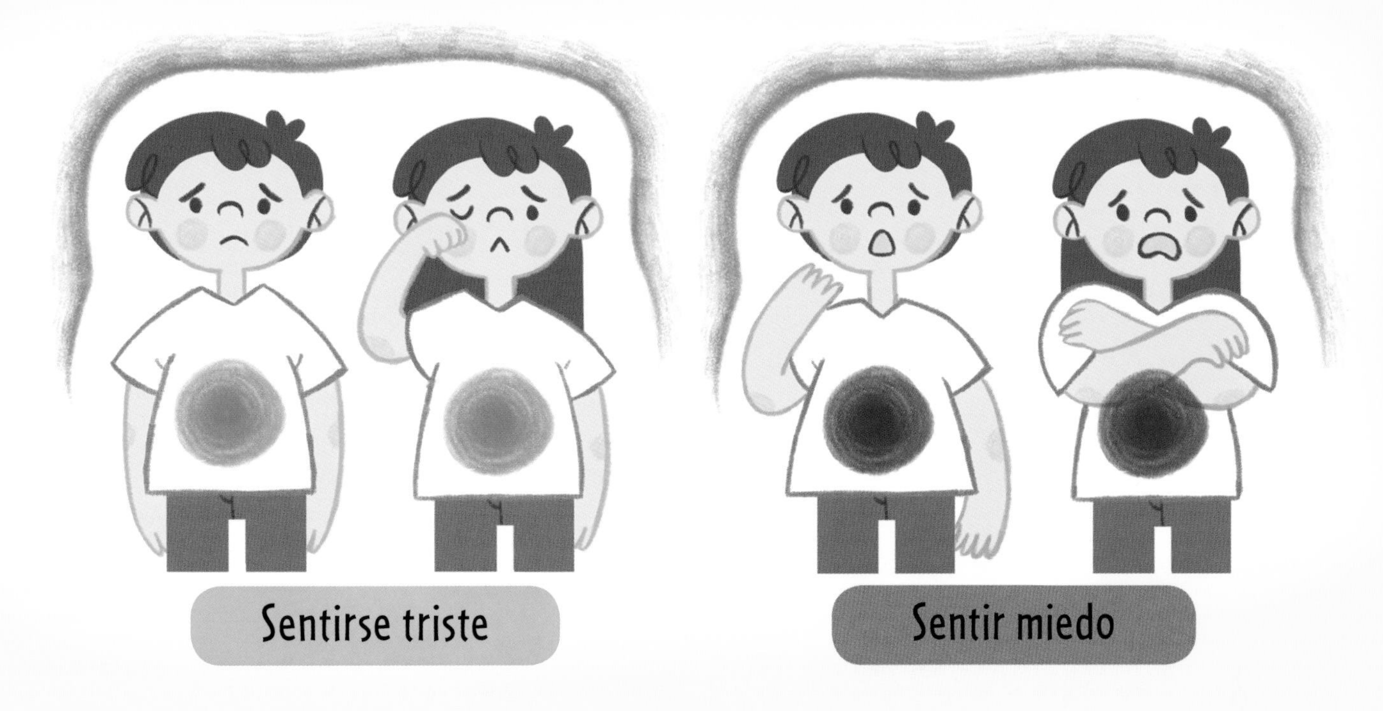

Pregúntate: ¿Quieres que los demás sientan esto cuando están contigo?

Pensar cómo se sienten los otros se llama tener **EMPATÍA**. Es necesario que todos la tengamos. Sin **EMPATÍA** el mundo no funciona bien.

Hay que tratar a los demás como te gustaría que te trataran a ti. Siempre estamos a tiempo de empezar a tratar bien a los demás.

Luisa cerró el libro y se quedó pensando.

«¿Tengo **energía roja** dentro de mí? ¿Tengo **nudos**? Es verdad que me burlo y me meto con otros niños. **¿Por qué lo hago?** ¿Será verdad que los otros niños me tienen **miedo** y están **tristes** por mi culpa?».

El libro decía que tenía que pedir ayuda. ¿Pero a quién? ¿Y si en vez de ayudarme me castigan? ¿Al hablarlo se irían los nudos y la energía roja?

Eran muchas sus preguntas... y no tenía **ninguna respuesta**.

Al día siguiente, ocurrió lo que ya había pasado otras veces. Luisa se volvió a meter con Marta, pero en este caso lo vio su profesora Carmen.

Pero, esta vez, cuando la profesora Carmen le preguntó a Luisa **por qué actuaba así**, por qué molestaba a su compañera, en vez de negarlo, decir que Marta exageraba o que había empezado ella, pensó que a lo mejor sería un buen momento para transmitirle todas las preguntas que se había hecho.

Así que Luisa **se sinceró y le contestó**:

—No lo sé, **no sé qué me pasa**, creo que tengo **energía roja y nudos** dentro de mí y no sé qué hacer.

Por un segundo Luisa cerró los ojos pensando que ahora le iban a poner el **peor castigo del mundo** por meterse con Marta, pero eso no ocurrió.

Carmen empezó a hacerle preguntas y Luisa le contó muchas cosas, cosas que le **preocupaban**, cosas que **no le gustaban**, cosas que no le había contado **nunca a nadie**.

• No le gustaba que sus compañeros le hicieran tanto caso a la nueva, Marta. [**CELOS**]

• Tenía miedo de que se metieran con ella por ser tan alta. Una vez, comiendo con unos amigos de sus padres, el hijo mayor de estos la llamó jirafa y **se burló de ella**. A Luisa le sentó fatal y pensó que podía pasarle en el colegio. Entonces pensó que, si ella se metía antes con los demás, no se atreverían a meterse con ella. [**INSEGURIDAD**]

• ¿Y si Marta empezaba a llamarla jirafa y todos se **reían de ella**? [**MIEDO**]

• En casa siempre la **reñían** y le daban la razón a su hermano pequeño. [**INJUSTICIA**]

Su profesora le dijo que todos esos sentimientos y emociones eran completamente **normales**.

—Los **NUDOS** que tienes son por celos, miedo e inseguridad. Cuando tenemos esas emociones hay que **SOLTARLAS**, y tú ya has dado los primeros pasos, que es pedir ayuda y entender lo que te pasa. También puedes hablar con tus padres sobre todos estos sentimientos. Y otra cosa que a mí me gustaba hacer cuando tenía tu edad era escribir mis pensamientos en un **DIARIO**.

Además, su profesora le dijo que empezara a tratar bien a sus compañeros, y que vería que ellos también la tratarían bien y que, si tenía algún problema, que volviera a hablar con ella. Porque ella también estaba para ayudarla.

Al terminar, la profesora Carmen le dio un **fuerte abrazo**.

A Luisa le gustó mucho hablar con su profesora porque consiguió que se **sintiera mejor**. Hacía tiempo que no tenía esa sensación.

Ese mismo día al llegar a casa, Luisa comenzó **un diario**. Empezó a escribir todo lo que había hablado con su profesora, todos sus **problemas**, sus **dudas** y sus **inseguridades**. Esperaba que de esta forma se acabaran de deshacer sus **NUDOS**, y así empezara a sentir la energía **AMARILLA** en vez de la roja. Iba a intentar no meterse con sus compañeros.

Y cuando llegaran sus padres también iba a hablar con ellos.

Al cabo de unos días, la profesora Vanesa vio que Luisa empezaba a **llevarse mejor** con sus compañeros. De hecho, en la hora del patio Luisa, Marta y otros compañeros cada vez **jugaban más juntos**. Con tiempo y ayuda, Luisa había aprendido a estar como una más, **sin mandar y sin meterse** con nadie.

Todos se lo estaban pasando mejor.

FIN

LA HISTORIA DE PILAR Y JORGE

CONCEPTOS A TRANSMITIR

En esta tercera historia vemos el caso de los niños que presencian situaciones similares a las descritas en la primera y en la segunda. Sienten que lo que ven no está bien, pero no saben cómo actuar.

Anteriormente hemos comentado que para disuadir del bullying no solo hay que ayudar al que lo sufre, sino que también hay que ayudar al que lo hace. Pero también es de vital importancia **concienciar a las personas que lo ven**, para que se atrevan a **implicarse** pidiendo ayuda a fin de **solucionar el problema**.

La intención de esta historia es que los niños comprendan:

1. Que si ignoran este tipo de situaciones están contribuyendo a que se sigan repitiendo.
2. Que no deben quedarse paralizados por el miedo.
3. Que si no hacen nada para ayudar, otro día les puede pasar a ellos.
4. Que la satisfacción de ayudar a los demás es una sensación muy bonita y gratificante.
5. Que el compañerismo es la clave para que haya buen ambiente en su clase y en su colegio, y que es la mejor forma de disuadir del bullying.

La historia de Pilar y Jorge

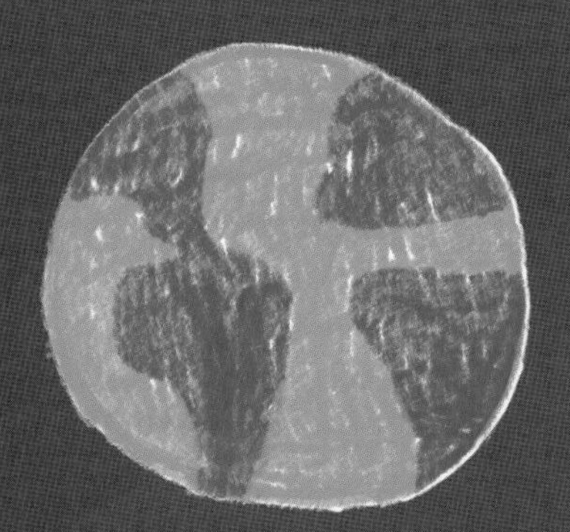

En OTRO colegio, en OTRA ciudad...

Los protagonistas de esta historia son varios: Jorge y Pilar, que **son muy amigos**, y el grupito de Juan.

En la clase de Jorge y Pilar todos se llevaban bastante bien. Pero, cuando aparecía el grupito de Juan, **de la clase de los mayores**, a veces las cosas se ponían feas. Juan empezaba a meterse con alguien de la clase. Nunca sabían a «quién le iba a tocar» pasarlo mal ese día, y últimamente la mayoría de los días le tocaba a Carlos.

Cuando eso ocurría, nadie se atrevía a decir nada, no querían que Juan se **burlara** o se **metiera** también con ellos, pero **se sentían fatal**, porque sabían que Carlos lo estaba pasando muy mal.

No era la primera ni la segunda vez que esto pasaba. Pilar y Jorge en el fondo tenían ganas de decir algo, pero **no sabían cómo hacerlo**.

La profesora Vanesa, que por entonces estaba enseñando en aquel otro colegio, había visto que, cuando alguien se metía con otra persona, había niños, como Jorge y Pilar, que sabían que esas situaciones estaban mal, pero que **no se atrevían a decir nada por miedo.** Por eso pensó ponerles su libro en sus mochilas, para que leyeran sobre todo el tercer capítulo, que lo escribió justamente para aquellas situaciones.

Aquella tarde, tanto Pilar como Jorge encontraron el libro en sus mochilas, con una nota para ellos.

Querida Pilar,
Soy la profesora Vanesa, y he sido yo la que te ha puesto el libro en tu mochila.
Sé que no te gusta que se metan con un compañero tuyo, y que cuando eso ocurre no sabes qué hacer.
Espero que este libro te ayude a entender lo que está pasando y lo que puedes hacer. Presta especial atención al capítulo 3.

Querido Jorge,
Soy la profesora Vanesa, y he sido yo la que te ha puesto el libro en tu mochila.
Sé que no te gusta que se metan con un compañero tuyo, y que cuando eso ocurre no sabes qué hacer.
Espero que este libro te ayude a entender lo que está pasando y lo que puedes hacer. Presta especial atención al capítulo 3.

CAPÍTULO 3

A veces, cuando ves que un niño trata mal a otro compañero, no te atreves a decir nada por **MIEDO** a que también empiece a meterse contigo.

En el capítulo 2 hemos visto que esa persona no es tan valiente ni tan fuerte como puede parecerte. En realidad tiene sus propios problemas y por eso está pasando su **ENERGÍA ROJA** a otros en forma de rayos. Y aunque parezca más guay o más mayor, a veces incluso puede tener **INSEGURIDAD**, con algo de energía roja. Cuando tienes **ENERGÍA AMARILLA** dentro, no se te ocurre, no te apetece y no necesitas tratar mal a los demás.

Déjame que te pregunte algo...
¿Sabes que los **SUPERHÉROES** son la suma de dos palabras, **SÚPER + HÉROES**?

No es por sus capas, sus trajes, ni tampoco por sus superpoderes. Son héroes **porque ayudan a aquellos que lo necesitan.**

Vemos las pelis de los superhéroes, nos disfrazamos como ellos y jugamos a serlo. Pero hay momentos en los que realmente podemos ser superhéroes, es decir, en los que podemos ayudar a los demás.

Así es, **TODOS**,
sí, sí, **TODOS**, podemos
ser superhéroes cuando
AYUDAMOS a otra persona
que lo necesita.

Cuando vemos que alguien le pasa su energía roja a otro y le hace daño...
Cuando vemos que alguien **NECESITA AYUDA, PODEMOS ELEGIR:**

AYUDAR **IGNORAR**

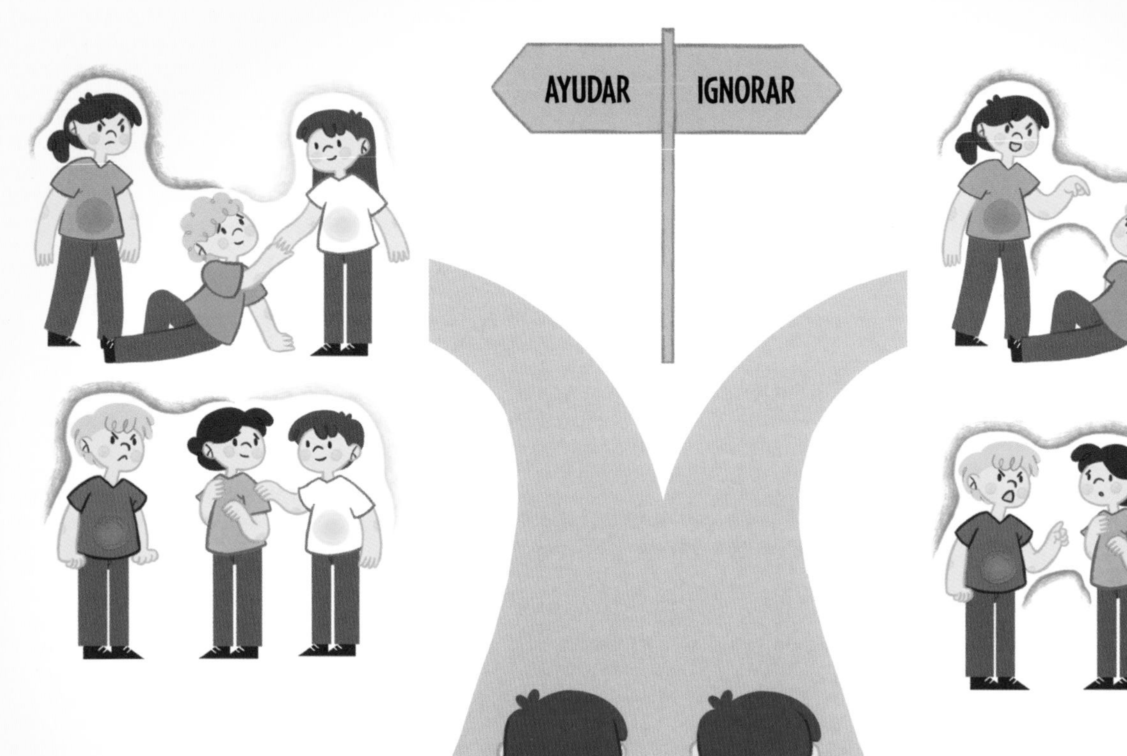

Si no elegimos ayudar, lo que estamos haciendo es ignorarlo.

POR QUÉ tenemos que **AYUDAR:**

- Porque es lo **correcto**.
- Porque hay una persona que lo está **pasando mal** y eso tiene que terminar.
- Porque a ti te gustaría que te **ayudaran** si estuvieras en su situación.
- Porque te **sentirás mejor**.
- Pero, **SOBRE TODO**, porque sois **COMPAÑEROS**.

Cuando ayudáis a los demás, lo que estáis haciendo es pasarles vuestra energía amarilla, y la energía amarilla es más fuerte que la roja.

¿Cómo podemos ayudar?

Cuando veas que alguien se mete con un compañero tuyo, tienes varias opciones, escoge la que te haga sentir más cómodo:

1. Puedes ir a **contarle a un profesor** lo que ha sucedido. Recuerda que pedir ayuda no es chivarse, en este caso ayudar a alguien que lo necesita es hacer lo que hacen los **SÚPER HÉROES**.
2. Puedes **contárselo a tus padres** para que ellos hablen con el colegio.
3. Puedes ir a **buscar a otros compañeros tuyos** que piensan como tú. Seguro que no eres el único al que no le gusta ver cómo se meten con otro compañero y que sabe que está mal hacer daño a los demás. **JUNTOS** podéis ir a contárselo a un profesor y también a vuestros padres.

Además de eso:

- Si veis que en el patio hay un niño que está solo, **invitadle** a que vaya a jugar con vosotros.
- Si veis que alguien se mete con un niño, llamadle para que se vaya a **jugar con vosotros**, en vez de quedaros ahí parados dejando que se metan con él.
- Si veis que alguien se burla de otra persona, **no os riais**.

Si **JUNTOS** protegéis a ese niño, veréis como ya no se atreverán a meterse con todos vosotros. Porque juntos sois **COMPAÑEROS** y, cuando **sois compañeros, tenéis mucha energía amarilla, y eso siempre gana a la energía roja.**

COMPAÑERISMO

Si buscamos en un diccionario la definición de compañerismo, podremos leer: **«Relación amistosa, de colaboración y solidaridad entre compañeros».**

En vuestra clase tenéis que **«hacer EQUIPO»**. Y para que un equipo esté bien, todos sus miembros tienen que estar bien. Y es **responsabilidad** de todos que así sea. Cuanta más piña hagáis, menos se atreverán a meterse con alguien «del equipo».

Eso significa que no solo hay que pedir **AYUDA** cuando **alguien de fuera** se mete con alguien del equipo (de la clase), sino también cuando **alguien de dentro** del equipo (de la clase) lo hace.

El compañerismo y el hacer equipo no significa que todos tengáis que ser los mejores amigos. Es normal que con algunos niños os llevéis y os lo paséis mejor que con otros, eso se llama **afinidad**. Pero aunque juegues más con unos que con otros, lo importante es que **TODOS** os respetéis y os ayudéis, es decir, **TODOS** debéis ser buenos compañeros.

Pilar y Jorge cerraron los libros y se quedaron pensando.

Mañana en el cole voy a hablar con Jorge sobre este libro. A ver qué podemos hacer para que el grupo de Juan no nos fastidie más.

Mañana voy a hablar con Pilar para comentarle este libro. A ver qué podemos hacer para ayudar a Carlos.

El día siguiente, Pilar y Jorge comentaron lo mucho que les había gustado el libro. Que, cuando viniera el grupito de Juan, tenían que elegir el camino de **AYUDAR** y no quedarse **sin decir nada.**

Jorge y Pilar llamaron a otros de sus compañeros:

—Jaime, Carmen, Pedro, Carlos, venid. No podemos dejar que el grupito de Juan **nos siga molestando**. Nadie tiene derecho a meterse con ninguno de nosotros. Tenemos que **ser un equipo y ayudarnos** para que, cuando se metan con uno de nosotros, **no le dejemos solo**. Y juntos nos vayamos a jugar a otra parte donde no nos molesten.

El día siguiente, el grupito de Juan se volvió a meter con Carlos. Pero esta vez, cuando sus compañeros lo vieron, enseguida lo llamaron.

—Venga, Carlos, que te estamos esperando para jugar, vente con nosotros.

A lo que Juan respondió:

—Carlos no se va a ningún sitio.

Así que Jorge, Pilar, Carmen, Jaime y Pedro se acercaron un poco más y respondieron:

—Carlos se viene **con nosotros.**

Y antes de que Juan pudiera volver a decir algo, ya se estaban yendo a otra parte del patio para jugar todos juntos. Jorge y Pilar se miraron y dijeron:
—Es verdad que **la energía amarilla es más fuerte que la roja.**

Pero el grupito de Juan volvió a aparecer otro día, y siguieron metiéndose con Carlos. Así que, Jorge, Pilar, Carmen, Jaime y Pedro, pensaron que necesitaban más **AYUDA** y fueron a **contárselo a su profesora**.

Sabían que pedir ayuda no es chivarse, sino **defender a un compañero.**

La semana siguiente, en la clase de manualidades, tuvieron la idea de hacer una pancarta bien grande para ponerla en la puerta de su clase, que dijera que en su clase son todos **buenos compañeros** y que **nadie se atreviera a meterse** con ninguno de ellos. Quedó tan chula que otras clases empezaron a hacer lo mismo.

Al cabo de unos días, la profesora Vanesa vio por la ventana que Jorge, Jaime, Carmen y Carlos estaban jugando tranquilamente en el patio.

Y Pilar estaba prestándole su libro a Juan.

Y para terminar...

¿En tu colegio, te sientes como alguno de estos niños?

Se METEN contigo.

Te METES con alguien.

Ves que se METEN con un compañero.

NO puedes controlar las emociones ni el comportamiento de los demás.
NO puedes cambiar su energía roja.

Pero lo que sí puedes controlar es lo que **TÚ HACES. ¿Y qué puedes hacer?**

Puedes pedir **AYUDA** para encontrar una solución para...

A veces hay situaciones que son injustas, pero pensamos que **NO PODEMOS CAMBIARLAS**. Tendemos a pensar que:

- «Las cosas son así».
- «No puedo hacer nada para cambiarlo».
- «Me tengo que aguantar».
- «Ya pasará».

PERO ESO NO ES VERDAD.

SÍ QUE SE PUEDEN CAMBIAR.

Por supuesto que sí; aunque no sea fácil, siempre podemos hacer algo o, mejor dicho, siempre debemos hacer algo para intentar mejorar nuestra situación y la de los demás.

Recuerda que no hay un solo camino, siempre hay otro camino en el que puedes **creer en ti mismo y pedir AYUDA** para que esa situación injusta cambie.

No hay un solo camino, siempre puedes elegir otro.

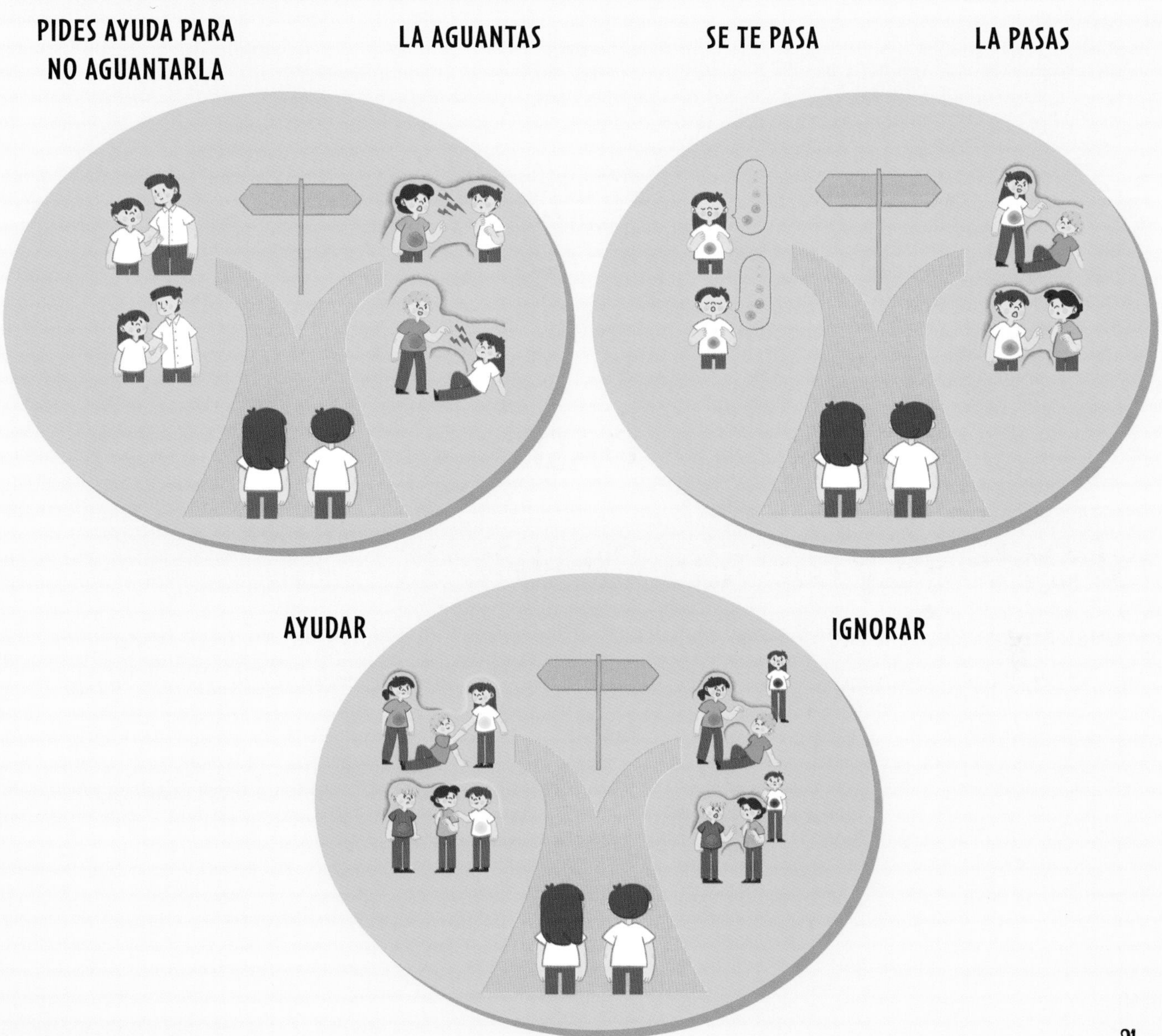

¿Qué diferencia hay entre estos dos patios de colegio?

En el dibujo de arriba hay un **buen ambiente DE COMPAÑERISMO**, mientras que en el de abajo **NO** lo hay.

Todos queremos que en nuestro colegio haya buen ambiente. Y para ello hay que:

- **TRATAR a los demás como te gustaría que te trataran a ti.**
- Las palabras feas **ENSUCIAN** el ambiente.
- Por eso es importante que **PIENSES** antes de decir algo, para que tus palabras y tus actos ayuden a crear un buen ambiente.
- **Y si crees que este libro puede ayudar a algún compañero, compártelo con él.**

Cosas importantes para recordar:

Nunca **NADIE TIENE DERECHO A HACERLE DAÑO A OTRO**, ni porque se crea más grande, ni más listo, ni más guapo, ni más guay, etc.

Si eres feliz y tienes energía amarilla no necesitas creerte mejor que nadie, ni hacer sentir mal a nadie; eso solo lo haces si tienes energía roja y nudos dentro de ti.

Las diferentes situaciones que hemos visto en este libro les pasan también a muchos otros niños, **NO ERES EL ÚNICO AL QUE LE PASA**. Ocurre en muchos colegios, en muchos países.

Pedir **AYUDA NO ES CHIVARSE**, es **DEFENDERSE.** Pedir **AYUDA** para ti o para otro compañero es de **VALIENTES**, no de cobardes.

LOS MAYORES ESTÁN PARA AYUDARNOS. A veces están muy ocupados y parece que no nos oyen, pero hay que insistir las veces que haga falta para que nos escuchen.

A veces nos da miedo o vergüenza **PEDIR AYUDA.** En esos casos puede ser una buena idea escribir una carta donde expliquemos lo que estamos pasando y sintiendo. Las cosas por escrito suelen tener más efecto. Si lo prefieres, en vez de escribirlo puedes hacer un dibujo.

A pesar de que habrá personas que intenten hacer daño a los demás por no saber manejar su energía roja, lo importante es que entre todos seáis capaces de crear un ambiente de compañerismo para que nadie lo pase mal.